うつくしいもの

八木重吉 信仰詩集

写真・おちあいまちこ

日本キリスト教団出版局

序

私は、友が無くては、耐えられぬのです。しかし、私にはありません。この貧しい詩を、これを読んでくださる方の胸へ捧げます。そして、私を、あなたの友にしてください。

もくじ

祈

【凡例】

(1)本書は『定本　八木重吉』（彌生書房）、『八木重吉全詩集』（ちくま文庫）を底本とした。
(2)旧仮名遣いは新仮名遣いにあらためた。
(3)元の詩にあるルビは極力生かしつつも取捨選択し、あるいは新たに付した。
(4)タイトルのない詩は初行をもくじに記した。
(5)タイトルのない詩の冒頭には「＊」を付した。

うつくしいもの

うつくしいもの

わたしみずからのなかでもいい
わたしの外の　せかいでもいい
どこにか「ほんとうに　美しいもの」は　ないのか
それが　敵であっても　かまわない
及びがたくても　よい
ただ　在るということが　分りさえすれば
ああ　ひさしくも　これを追うに　つかれたこころ

おおぞらの　こころ

わたしよ　わたしよ
白鳥となり
らんらんと　透きとおって
おおぞらを　かけり
おおぞらの　うるわしい　こころにながれよう

＊

いきどおりながらも
美しいわたしであろうよ
哭きながら
うつくしいわたしであろうよ

ねがい

きれいな気持ちでいよう
花のような気持ちでいよう
報いをもとめまい
いちばんうつくしくなっていよう

ねがい

人と人とのあいだを
美しくみよう
わたしと人とのあいだをうつくしくみよう
疲れてはならない

心よ

こころよ
では　いっておいで

しかし
また　もどっておいでね

やっぱり
ここが　いいのだに

こころよ
では　行っておいで

愛

うつくしいこころがある
恐れなきこころがある
とかす力である
そだつるふしぎである

愛のことば

愛のことばを言おう
ふかくしてみにくきは
あさくしてうつくしきにおよばない
しだいに深くみちびいていただこう
まずひとつの愛のことばを言いきってみよう

生活と詩

神は愛である
生活は詩である
愛は神ではない
詩は生活ではない
しかも愛は神でありたい
詩は生活でありたい

愛

ただひとつをうたおう
愛を生き
愛を生ききってしぜんにうたおう
よろこばしいうたであるとおもおう

断章

わたしは弱い
しかしかならず永遠をおもうてうたう
わたしの死ぬるのちにかがやかぬ詩(うた)なら
いまめのまえでほろびてしまえ

素朴な琴

＊

かなしみのせかいをば
一歩もいでぬわたしであるゆえ
わたしのうたはただしいかもしれない
かなしみをほこるのではない
よろこびがほんとうにくるならば
よろこびを空気のようにすうていきよう
きょうはかなしみの日であるゆえ
そうであるゆえかなしみの詩（うた）をうたうのだ

＊

このかなしみを
ささげもつべき
ひとつのしずかな壺(かめ)はないか
おおらかな
はるのひのもとをあゆもうとする

＊

ついに
われひとりゆくなり
なくべからざるしんじつなり

雲

くものある日
くもは　かなしい
くものない日
そらは　さびしい

雲

ああして
また雲は空へでてくるのか
疑いのこころはつゆもたずでてくるのか

空

空よ
おまえのうつくしさを
すこし　くれないか

郷愁

このひごろ
あまりには
ひとを　憎まず
すきとおりゆく
郷愁
ひえびえと　ながる

＊

ふるさとの
山をおもえば
聖者（せいじゃ）のごとく
ふるさとの
川をおもえば
はつこいのひとみのごとく
ふるさとの
空のたかくに
しずかなる　鐘（かね）なるごとし
ふるさとの
かの山の
かの木のかげに
かすかなれど
わすれたるものあるここち

素朴な琴

この明るさのなかへ
ひとつの素朴な琴をおけば
秋の美しさに耐えかねて
琴はしずかに鳴りいだすだろう

不思議

こころが美しくなると
そこいらが
明るく　かるげになってくる
どんな不思議がうまれても
おどろかないとおもえてくる
はやく
不思議がうまれればいいなあとおもえてくる

空が　凝視(み)ている

空が　凝視(み)ている
ああ　おおぞらが　わたしを　みつめている
おそろしく　むねおどる　かなしい　瞳
ひとみ！　ひとみ！
ひろやかな　ひとみ　ふかぶかと
かぎりない　ひとみのうなばら
ああ　その　つよさ
まさびしさ　さやけさ

石塊(いしくれ)と　語る

石くれと　かたる
わがこころ
かなしむべかり

むなしきと　かたる
かくて　厭(あ)くなき
わが　こころ
しずかに　いかる

大木を　たたく

ふがいなさに　ふがいなさに
大木をたたくのだ
なんにも　わかりゃしない　ああ
このわたしの　いやに安物のぎやまんみたいな
「真理よ　出てこいよ
出てきてくれよ」
わたしは　木を　たたくのだ
わたしは　さびしいなあ

＊

森へはいりこむと
いまさらながら
ものというものが
みいんな
そらをさし
そらをさしてるのにおどろいた

太陽

あなたは総べてのものへいりこむ
炭にはいっていて赤くあつくなる
草にはいっていて白い花になる
恋人にはいっていて瞳のひかりとなる
あなたが神の重い使であることは疑えない
あなたは人間の血のようなものである
地の中の水に似ている
不思議といえば不思議である
有難いといえばじつに有難い
あなたより力づよいものがあろうか
あなたが亡ぶる日があろうか
そして別のあたらしい太陽がかがやく日があろうか
あると基督はおしえられた
ゆえにその日はあると信ぜられる
しかしその日まであなたは此の世の光りである

みゆる光りはみえぬ光りへ息吹を通わせている
あなたの高い気持にうたれた日は福(しあわせ)な日である

太陽

お前はしずんでゆく
何んにも心残りもみえぬ
何んの誇るところもみえぬ
ただ空をうつくしくみせている

秋の　かなしみ

わがこころ
そこの　そこより
わらいたき
あきの　かなしみ

あきくれば
かなしみの
みなも　おかしく
かくも　なやまし

みみと　めと
はなと　くち
いちめんに
くすぐる　あきのかなしみ

葉

葉よ
しんしんと
冬日が　むしばんでゆく
おまえも
葉と　現ずるまでは
いらいらと　さぶしかったろうな

葉よ
葉と　現じたる
この日　おまえの　崇厳
でも　葉よ
いままでは　さぶしかったろうな

本当のもの

どうしてもわからなくなると
さびしくてしかたなくなると
さびしさのなかへ掌（てのひら）をいれ
本当のものにそっとさわってみたくなる

草に　すわる

わたしのまちがいだった
わたしの　まちがいだった
こうして　草にすわれば　それがわかる

＊

やまいある日
人を憎まず
ひとをうらやまず
ひたすらに
みずからの癒えんことをねがう
わがこころ
ひとすじにもえ、よねんなし
このひごろ
しらざりし　かしこきおもい

＊

まずしさを
ほころうとする
ひとつのこころのかたわらに
一本の草花もやすやすとは買いも得ぬ
このごろのみずからをあわれむこころもたたずむ

ああちゃん！

ある日

こころ
うつくしき日は
やぶれたるを
やぶれたりとなせど　かなしからず
妻を　よび
児をよびて
かたりたわむる

＊

妻は病みたれば
子をいだきて
ゆうぐれをまたさまよう
つかれたれど
かなしみわけど
ああ　いまは
わがうでに子はねむりたれば
ねむりたる
児のかおをみつつあゆめば
さいわいなりとみずからをゆるせり

春

ほんによく晴れた朝だ
桃子は窓をあけて首をだし
桃ちゃん　いい子　いい子ぅよ
桃ちゃん　いい子　いい子ぅよって歌っている

桃子よ

もも子よ
おまえがぐずってしかたないとき
わたしはおまえに　げんこつをくれる
だが　桃子
お父さんの命が要るときがあったら
いつでもおまえにあげる

春

桃子
お父ちゃんはね
早く快(よ)くなってお前と遊びたいよ

＊

妻よ、
さいわいおおき人生とは
もつことのおおき人生ではなかった、
一念にもえる日
なにものも　あらず
ただ　おまえのこころと
わたしのこころと　ふたつのものがもえる日
その日こそさいわいの極みである、
からだのつかれ
うらやましさのこころ
そんなものはもやしてしまおう、
うつくしいそら
しずかなそら
あのそらのなかにはっきりと　咲いてゆこうよ、

春

朝眼を醒まして
自分のからだの弱いこと
妻のこと子供達の行末のことをかんがえ
ぼろぼろ涙が出てとまらなかった

母をおもう

けしきが
あかるくなってきた
母をつれて
てくてくあるきたくなった
母はきっと
重吉よ重吉よといくどでもはなしかけるだろう

＊

いつになったら
すこしも　人をにくめなくなるかしら
わたしと　ひとびととのあいだが
うつくしくなりきるかしら

ゆるし

神のごとくゆるしたい
ひとが投ぐるにくしみをむねにあたため
花のようになったらば神のまえにささげたい

＊

ぽくぽく
ぽくぽく
まりを　ついてると
にがい　にがい　いままでのことが
ぽくぽく
ぽくぽく
むすびめが　ほぐされて
花がさいたようにみえてくる

＊

ああちゃん！
むやみと
はらっぱをあるきながら
ああちゃん　と
よんでみた
こいびとの名でもない
ははの名でもない
だれのでもない

祈

＊

このよに
てんごくのきたる
その日までわがかなしみのうたはきえず
てんごくのまぼろしをかんずる
その日あるかぎり
わがよろこびの頌歌(うた)はきえず

＊

みずからをすてて
まず人につくすという
そのひとつをのぞいたなら
切切の詩をつくってゆく
それよりほかになすべきわざをしらない

＊

路（みち）をなつかしみうる日は
みずからがこころおどる日である
なつかしみうるほどの路をみいでし日は
うばわれがたきうれしさをおぼえる

＊

いつわりのない
こころをもとめ
あいてのないこころをいだき
きょうはすぎた
あしたもゆこう

＊

かげのごとくにすぎてゆく
わがせいかつなり
されど　おもえば
かげのごときことはかなしむねうちあらず
このささやかなるいのちのかげに
いざつつつましくわれをもやしてゆこう

*

貧（まずしい）というもじと
乏（とぼしい）というもじとをくうにえがいて
なるほどこれはわたしのものだとうなずいてみる
まずしいがゆえに詩集をあみえず
あかんぼのうまれるのも
すくないほうがありがたいとねんずる
このまずしさというものに徹していったなら
ひろいせかいがあるだろうとはおもうけれど
さしあたりきょうやきのうのわたしはかなしい

＊

きりすと
われにありとおもうはやすいが
われみずから
きりすとにありと
ほのかにてもかんずるまでのとおかりしみちよ
きりすとが　わたしをだいてくれる
わたしのあしもとに　わたしが　ある

＊

すべての
くるしみのこんげんは
むじょうけんに　むせいげんに
ひとをゆるすという
そのいちねんがきえうせたことだ

＊

てんにいます
おんちちうえをよびて
おんちちうえさま
おんちちうえさまととなえまつる
いずるいきによび
入りきたるいきによびたてまつる
われはみなをよぶばかりのものにてあり

＊

きりすとを　おもいたい
いっぽんの木のようにおもいたい
ながれのようにおもいたい

＊

もったいなし
おんちちうえ　ととのうるばかりに
ちからなく　わざなきもの
たんたんとして　いちじょうのみちをみる

＊

よぶがゆえに
みえきたるものあり
よぶことなければきえゆくものあり

＊

われよべば
みえきたるなり
わがよぶは
みえきたるもののこころのうごきのゆえならん
もったいなしととなえんか

＊

ときと
ところと
すべてはキリストへむかっている
おがんでいる

無題

神様　あなたに会いたくなった

天

天というのは
あたまのうえの
みえる　あれだ
神さまが
おいでなさるなら　あすこだ
ほかにはいない

断章

天に
神さまがおいでなさるとかんがえた
むかしのひとはえらい

＊

色は
なぜあるんだろうか
むかし
神さまは
にこにこしながら色をおぬりなされた
児どもが
おもちゃの色をみるようなきもちで

遊び

基督のものになってしまえば
私の目的ってなくなる
ただきれいな気持で
遊ぶようなきもちでいればいいのだ

祈

ゆきなれた路(みち)の
なつかしくて耐えられぬように
わたしの祈りのみちをつくりたい

イエス

イエスの名を呼びつめよう
入る息　出る息ごとに呼びつづけよう
怒(いき)どおりがわいたら
イエスの名で溶かそう
弱くなったら
イエスの名でもりあがって強くなろう
きたなくなったら
イエスの名できれいになろう
死のかげをみたら
イエスを呼んで生きかえろう

＊

死をおもう
そのおもいもつきては
ちちよ　ちちよと　みなを呼ぶ

＊

何はともあれ
私は死ぬる瞬間まで
生きる！　という努力を捨てない

＊

富子
二人で楽しかった時のこと
私の悪るかったこと
それが今はっきりと見つめられる

＊

富子
神様の名を呼ばぬ時は
お前の名を呼んでいる

＊

在天の神よ
この弱き身と魂をすくいて
神とキリストの光のために働かせて下さい

＊

わが詩いよいよ拙くあれ
キリストの栄　日毎に大きくあれ

詩人、八木重吉

沢　知恵

詩って、なんだろう。

小さい子どもがいるコンサートで、私は詩をうたう前にたずねます。目をまん丸にする子あり、首をかしげる子あり。しばらくの「間」があって、私は言います。「あのね、詩は、短いことば、少ないことばで、たくさんの思いを伝えることよ。詩は音楽なんだよ」。長い詩もあるじゃないか、という声も聞こえてきそうですが、小さい子どもにはじゅうぶんな説明と、おゆるしください。

八木重吉の詩は、そのほとんどが短く、少ない少ないことばでつくられています。だれにでもわかるやさしいことばで、ひらがないっぱいに。短いけれど、ときにはてしない宇宙を思わせるスケールの大きさ。たとえば、こんなふうに。

草に　すわる

わたしのまちがいだった

わたしの　まちがいだった
こうして　草にすわれば　それがわかる

ほそい　がらす

ほそい
がらすが
ぴいん　と
われました

二十九歳で亡くなるまでに発表された詩集は、この二編もおさめられている『秋の瞳』一冊だけ。詩として書かれたもの以外に、ことばのきれはしのような詩稿も合わせて、約三千編がのこされました。短い生涯にしては、膨大な数に思われるかもしれません。でも、それぞれの短さを思えば、驚くほどのことでもない気もします。詩というよりは、つぶやき。いまでいえば、ツイッターにおさまるような。重吉が生きていたら、熱心なSNS発信者だったでしょうか。わかりません。データにあたる重吉のことばたちは、かごに入れられ、戦争の間も、お連れ合いが何をおいてもそれをかかえて避難し、大事に守りました。それが、重吉の詩を評価するおおぜいの人たちの手によって、世に広まっていったのです。

八木重吉は、一八九八（明治三一）年、東京の南多摩郡、いまの町田市相原町で生まれました。兄姉と弟妹にはさまれた五人きょうだい。代々の農家で、父は村会議員をつとめ、母はひまさえあれば本を読んでいたそうです。重吉は、内気でおとなしい、一人でぽつんといるような少年だったといいます。豊かな武蔵野の自然の中で、詩にたくさん登場する空、雲、山、川、花、木と対話する重吉の姿が思い浮かびます。

いまの筑波大学にあたる東京高等師範学校在学中に、キリスト教の洗礼を受けます。詩を読んでわかるように、熱心なクリスチャンです。しかし、教会にはあまり通いませんでした。「無教会」という内村鑑三の流れによる考えに共鳴し、独自の信仰を保ちました。学生時代には聖書の他に、タゴール、キーツなどの詩集を愛読し、鋭い感性は磨かれていきました。

詩や短歌を本格的に書き始めたのは、いまの神戸大学にあたる御影（みかげ）師範学校で英語を教えるようになってから。重吉は仕事や職場の雰囲気になじめなかったようで、孤独を埋めるかのように、詩作に取り組みました。

実は、重吉には東京に大好きな島田とみ（のちに吉野登美子）がいて、その恋しさを日記や手紙にしたためています。たった一週間家庭教師をした縁で、恋の炎は燃えさかりました。くわしくは『八木重吉全集　第三巻』（筑摩書房）や吉野登美子著『琴はしずか

に　八木重吉の妻として』（彌生書房）にあります。どこを引用するか迷うほどアッチッチですが、ほんの一部を紹介します。

Tさん、
私は、
わたくしの、
「神様、みこゝろならば、
この、わたくしの、わたくしのせつない思いを、
T子におつたへください」
――こう云って祈ります、

ほんとうに、
痛いこのおもひの、
十分の一でも、
あなたが受け容れてくだすったら！（日記より）

ああ、早く、東京駅のプラットフォームで、もいちど、富さんの燃ゆる瞳をみたい！
燃ゆる唇を……！　熱い胸のふくらみに……！（手紙より）

「死人に口なし」とはよく言ったもので、もしかしたら、重吉は天国で怒っているかもしれません。そんなプライヴェートなものまで、詩といっしょに公開してしまうなんて。聖なる、清らかなイメージの重吉の全体像を知るうえで、これらの「生（なま）」のことばは重要であると、もう一人の当事者である登美子が判断した勇気は、あっぱれです。二人の初めてのセックスを書いた短編習作などを読むと、重吉のほとばしるエネルギーが感じられて、うれしくなります。エロスは、芸術家にとって創作の源泉です。

たまらなくなった重吉は、とみを東京から呼び寄せ、二人は結婚しました。詩にも出てくる桃子と陽二という二人の子どもに恵まれ、詩作はますますさかんになりました。その後、千葉県の東葛飾中学校に転勤してまもなく結核を患い、一九二七（昭和二）年、療養先の神奈川県茅ヶ崎で息をひきとりました。

雨

雨のおとがきこえる
雨がふっていたのだ
あのおとのようにそっと世のためにはたらいていよう
雨があがるようにしずかに死んでゆこう

私にとって八木重吉は、大好きなあの時代の詩人のひとりです。宮澤賢治、金子みすゞ、村山槐多（かいた）。この三人は、生まれた年も死んだ年も、重吉とほとんど重なります。共通しているのは、いま読んでもちっとも古くないことば。古くないどころか、まるで現代に書かれたような圧倒的リアリティーで迫ってきます。現代詩よりもあたらしい近代詩？そんな錯覚をおぼえるほどに。みずみずしい感性で、自然を、神を、宇宙を大胆にうたった詩人たち。ヒリヒリするほど痛々しい繊細さと、燃えるような情熱も。

北原白秋、石川啄木、そして日本近代詩の父と呼ばれる萩原朔太郎は、ひとまわり年上です。私は賢治、みすゞ、槐多、そして重吉のことばにふれるとき、明治でも昭和でもない大正という時代の空気に思いをはせ、うっとりしてしまうのです。

なかでも、宮澤賢治の「雨ニモマケズ」は、どうしても重ね合わせたくなってしまいます。もはや詩として有名な「雨ニモマケズ」が、賢治の死後かばんの中から発見されたメモであることは、よく知られています。その最後は、こうです。

ホメラレモセズ
クニモサレズ
サウイウモノニ
ワタシハナリタイ

重吉はこううたっています。

断章（しらん顔）

いいものを
ひとの足もとへそうっとおいて
しらん顔をしていたい

私

人が私を褒めてくれる
それが何だろう
泉のように湧いてくるたのしみのほうがよい

なんだか似ていると思いませんか。ニュアンスは微妙にちがいますが、「ほめられる」ということに対して、二人とも自制、批判しています。
「雨ニモマケズ」のつづきのページには、次のようにつづられていたそうです。

南無無辺行菩薩
南無上行菩薩
南無多宝如来
南無妙法蓮華経
南無釈迦牟尼仏
南無浄行菩薩
南無安立行菩薩

重吉はこううたいます。

イエス様　イエス様　イエスサマ　イエスサマ
エスサマ　キリストイエス　イエスサマ
イエスサマ　イエスサマ　イエスサマ
イエスサマ　イエスサマ　イエスサマ
イエスサマ　イエスサマ　イエスサマ
イエス様　イエス様　イエス様
イエスサマ　イエスサマ　イエスサマ

宮澤賢治は仏教で、八木重吉はキリスト教。二人を「宗教詩人」と呼ぶ人もいるようです。賢治を理解するには、ほんとうは法華経を学ぶといいのかもしれません。同じように、重吉を深く味わいたいなら、キリスト教を知るといいのかもしれません。

でも、私は法華経のことをほとんど知らないけれど、賢治の詩や童話が好きです。同じように、キリスト教がわからなくても、重吉の詩はじゅうぶん楽しめるし、それでかまわないと思います。宗教をもつことが特別のことのように思われる日本で、二人を「宗教詩人」に閉じ込めてしまうのは、もったいない気がします。そんなことを言ったら、西洋の詩人のほとんどは「宗教詩人」です。

半面、ひとりのクリスチャンとして、重吉を通してキリスト教に出会う人がいたら、それはそれでうれしいなあ、という気持ちもあります。孤独や生きづらさをかかえている人、傷ついている人、病んでいる人。そんな人が重吉の詩に慰められ、癒やされて、その背後にある何かに関心をもってくれたら。

日本におけるキリスト教の伝道は難しいと言われています。たしかにそうです。八百万(やおよろず)の神がいる中で、一神教はなかなかピンと来ないと思います。それでも、日本にキリスト教が入ってから今日まで、広がりはともかく、深さでは注目に値することがたくさんありました。

キリスト教を、八木重吉という詩人の多様な面のひとつとしてとらえるもよし。重吉の信仰のうたを読んだうえで、それ以外の詩もすべて神さまへの賛美として感じるもよし。ひとつはっきり言えるのは、重吉の詩は、これからの時代に、ますます読まれると思うということ。魂が飢えかわく私たちに、「かなしみからうまれるよろこびのうた」は、キラキラと希望の光をさしつづけてくれるでしょう。

（さわ ともえ・歌手）

二〇一八年八月

八木重吉（やぎ・じゅうきち）

詩人。1898（明治31）年、東京府南多摩郡に生まれる。1919（大正8）年、本郷の駒込基督会にてキリスト教の洗礼を受ける。兵庫県御影師範学校に英語科教諭兼訓導として赴任し、多くの短歌・詩を書き残す。1925（大正14）年には詩集『秋の瞳』を刊行。1926（昭和元）年、結核第二期の診断を受け、療養生活に入る。1927（昭和2）年10月26日死去。1928（昭和3）年、第二詩集『貧しき信徒』が刊行される。

濫 眞智子（おちあい・まちこ）

フォトグラファー。恵泉女学園大学公開講座講師。日本写真家協会会員。
作品：日本キリスト教団出版局より『ことばの花束──愛・希望・ポストカードブック』、『歓びのうた、祈りのこころ』（小塩トシ子氏との共著）他を刊行。他に、いのちのことば社より『今日もいいことありますように』、『泣いても笑ってもこころにいい風ふきますように』（本嶋美代子氏との共著）、『青いろノート』他を刊行。

沢 知恵（さわ・ともえ）

歌手。日本、韓国、アメリカで育つ。東京藝術大学音楽学部楽理科卒業。第40回日本レコード大賞アジア音楽賞受賞。コモエスタ＆「ともえ基金」代表。
ＣＤ：〈谷川俊太郎をうたう〉〈かかわらなければ～塔和子をうたう〉〈いいうたいろいろ４　世界の賛美歌〉（コスモスレコーズ）など。
著書：『ありのままの私を愛して』（日本キリスト教団出版局）など。

装幀／デザインコンビビア（田島未久歩）

八木重吉 信仰詩集
うつくしいもの

2018年9月25日初版発行
2025年6月13日4版発行

著　者　八木重吉
写　真　おちあいまちこ
解　説　沢 知恵
発行所　日本キリスト教団出版局
〒169-0051　東京都新宿区西早稲田2-3-18
電話・営業03（3204）0422、編集03（3204）0424
https//bp-uccj.jp/
印刷・製本　モリモト印刷株式会社

ISBN978-4-8184-1011-4 C0092　日キ販
Printed in Japan